現代短歌ホメロス叢書 PART I ―― 15

田中あさひ
Asahi Tanaka

歌集 狂ふ

飯塚書店

狂ふ・目次

装幀　㈱ポイントライン

狂ふ

田中あさひ　歌集

I

こぼれ幸ひ

狂ひたる林檎のはなの無垢の色かりそめの世の九月の空《くう》に

くるふこそよけれ林檎の木の意志のふきあげきたるものの白さよ

狂気のないヤツはだめだよ　花蜜を翅もつ輩《やから》にねぶらせながら

〈狂ひ花〉とひとは指差すひたむきにいのちが望むままに咲《ひら》くを

実るなき狂ひ花はも　なるやうにしかならぬ現実《まさか》の天をあふげる

隣りたるライラックの木もふるひたちうすむらさきの花ぐるひなす

いふならばこぼれ幸ひ　狂へるを容れてかなしむ双の眸は

小き客人

春さらばくるふごと花を咲かすべしわが古里の万の林檎樹

木の精の句句廼馳《くくのち》がくだりやどれるは万の林檎樹いつぽんいつぽん

林檎樹のかたへの茂き小草には妹の草野姫《かやのひめ》がやどりゐたると

兄妹は地の下までもかけめぐり水を吸ひあげ雲井に返す

ささやかむ兄とうたはむ妹と　小《ちさ》き客人《まらうど》たちをいざなひ

訪れむ　てふてふ　みつばち　咲きくるふ花をつぎつぎしづめゆくべし

冬の夜咄

同級に小諸藩主の裔《すゑ》といふくるほしき目の少女ありけり

世が世ならやんごとなき姫　お屋敷の庭の巴旦杏《プラム》をひとつ呉れしが

香《かぐは》しき姫にくるひし魍魎のおよばぬ恋のはての黒姫山《くろひめ》

狂はずにゐられで鬼とへんげせし艶なる女人を匿《しな》む戸隠山《とがくし》

信濃には鬼女のみならず流離譚もろもろありて平家の落人

畳なはる八峰《やつを》にてんと仕舞はれけむ　落人　義賊　姨捨の姥

魍魎も鬼女も義賊もいきいきと嘯《うそぶ》きにけり冬の夜咄《よばなし》

ぐるりとろろ

うぶすなの辺土の空こそ統ぶべけれ　ぐるりとろろと夕べの鳶は

ここでうまれたここでうまれたとさけぶべしちちははの巣のありし大木を指し

父のものなべて雲散霧消しき焼けだされてのち本郷《くに》にかへれば

くるはむばかりの父の半生　草深き信濃に在りて田畑をもたず

アメリカ制コーンパイプより吐きいだす煙《けむ》に巻かれてしまひき父は

ちひさくちひさくなりにける祖母　父のものひとに委ねてたがやしてきて

うるはしき農地改革またの名は　緑林《りよくりん》　白波《はくは》　ねこそぎうばふ

それよりの四半世紀のまるはだか　夜道をこのんで歩みし父よ

うづしほの遣《や》らむかたなしどのやうに渦まかうとも海に呑まるる

遁走曲

くるふほど林檎を食《た》べ長じけりほかには少しの米と野菜と

うんめいの摘花も摘果もまぬがれしこの一果ぞも　くれなゐ深き

天離る《あまざか》鄙のつちかふくれなゐの林檎のうちに鳴らむ遁走曲《フーガ》は

なにもかも捨てて奔れといふこゑは二十二の身をせりあがりこし

殊の外まばゆかりけり山麓の傾《なだ》りに浮かぶくれなゐ浄土

そそのかしつつはげましつつ照り映えし万の林檎の精のくれなゐ

恬淡といます浅間山《あさまやま》にふかぶかと一礼をして発ち来たりけり

あやかし

ひとり娘《ご》をはぐくむねんねんさいさいをや高砂百合の身を裂き咲ける

対ひあふこれはなにもの姿こそわが娘《こ》なれどもケモノかトリか

魑魅《あやかし》といはばいふべし聞きあへぬことばをつらね喚く女《め》の子は

棒立ちのままなるわれら　ばりばららんと刀《たう》のごときを抛《なげう》たれつつ

喚声の余韻をはらむ玄関にこは脱け殻の花スリッパ

力まかせに殻を脱ぎすて地を蹴りて何《いづ》れの界をめざし行くらむ

一枚の絵

ちちははでありし年月　ひとり娘でありし年月　ジグソーパズルの

ちりぢりのジグソーパズルはしなくも一枚の絵にかへるは無けむ

せいいつぱい慈しみこし　そは罪か　ゐのこづちの実を足よりむしる

贖罪をせよとや天は　奥《あう》もなくちちをもははをも捨てしわれらに

つゆの世のときのまを咲く曼珠沙華その緋の反りてわが目には染《し》む

反りかへり仏手にかよふはなひらく曼珠沙華とよ結実はせぬ

天人の降らすはなとも悪業も払ふはなとも　われを寄らしむ

むすめといふ滅法やはらかきものをかつて擁《いだ》きし　曼珠沙華尽《すが》る

ささらえをとこ

十年まへ娘の贈りくれし羊なりものの陰より掻き出だしたる

身のうちの香草もはやかげもなく埃まみれの蛻《もぬけ》のひつじ

マタニティすがたのわれの一葉に「ここにアタシがゐる」と指しし日

忘れよとささらえをとこわが胎に在りし二百八十日さへ

如何にして忘れよといふ道ばたの犬酸漿《いぬほほづき》すら実を結べるに

おさへてもおさへても噴きあがりくる　昼はひすがら夜はよすがら

行つてしまつたバスならひき返してこないさと泡立草をゆらして風は

黄金《こがね》なす稲田にざんとうち入りて蹂躙したきこころと言はむ

大蚊

大蚊《ががんぼ》をひどくこはがりゐたりけりががんぼよ近寄るなかれわが娘に

とんぼにもかはひらこにも化《な》りやすき手よと捉へこし風ふけばなほ

燕の雛《こ》を掌《て》にすくふがにあらためてくるむ日のあれ　あの指のほそき手

耳奥にいまも蔵《しま》ふは　水が田へ這入りゆく音　娘の嚙める音

リビングに十三糎《センチ》の赤い靴　前世のポートレートの如し

サガンと過ごす

真実《ほんたう》に近づきゆくや揺れゆるる木々の葉われの生みたる言葉

くはがたもせみもほたるも引き連れてうしろすがたもみせず去るもの

秋桜《コスモス》の群れ咲く色を納めこしまなこに今宵はサガンと過ごす

黄金比を体現せよといふ命《めい》にこたへて向日葵の種の配列

黄色《わうしよく》のわれにわうしよくの子が生まれ石蕗はつはぶきの黄の花を生む

われと子と甥とその子らの肥り肉《じし》　戦時を越えし母の贈りもの

歯ごたへのある次郎柿が好いといふ八十八の姑に送る八キロ

頭頂の海

電車のつり革四百本を盗みをへ恍惚たりけむ男六十三歳

地盤沈下の起こらぬうちに離れよう一日三百六十四万人といふ新宿駅を

数年後に氷は融けてしまふとかこの遊星の頭頂《づちやう》の海の
消滅途上の地球か知らね日本は爆弾低気圧に襲はれ
此《これ》より先へ行くことは得ずこつぜんと終着駅に線路は尽きて

代々の雀

切株の二つあらはるしろじろと　卒寿の人の逝きてほどなく

徒広《だだつぴろ》い秋の空のみ丈たかき合歓と槐《ゑんじゆ》の失せし跡地に

たぶやかに花を咲《ゑ》ませて合歓の木は良いたよりこそゆつくり来ると

九十の人と日にけにかたらひけむ寿命百年の魔よけの槐

恐竜より八千代を継ぎきてそこにゐる雀の寿命は一年ちよつと

正直者《またうど》のおぢいさんよとせんぐりにつたへきたらむ代々《よよ》の雀は

切株にひらむ蜻蛉《あきつ》の翅四片《よひら》ことに陽の目のそそがれたるは

喬木のここに有りしもこの家に翁の在りしも憶えてゐよう

するする

たへがたきをたへて服《まつろ》ひこしものを大国の望月は欠けはじめたり

「中国は永遠に覇権を唱へない」するする続く首席の口舌《くぜち》

仙人掌《サボテン》に突かるるを避け右むけば針鼠ゐてすくむニッポン

土耳古《トルコ》といま喧嘩してゐるのは叙利亜《シリア》への空爆に遅れて参加した露西亜

先進国はよつてたかつて空爆すながく虐げてこし人らの国で

貧困と格差の荒野よりベルギーに行きし二十四歳の自爆テロぞ　噫《ああ》

特攻隊の使命に燃ゆる青年は海もものかは渡り行きてむ

五嶋龍氏の指より湧き出づる音《ね》を聴かむ聞くだに辛きニュースは消して

はだかの耳

暗き口みちばたにふと開いてゐてひと吸はれゆくひとり又ひとり

人の世の底ひへいたる細道の急勾配はころげぬやうに

谷底の流れのふとく鳴りたかし浮世の時間をおしながしつつ

たたみ得ぬはだかの耳をさいなむは倦まずものいふ川水のこゑ

もてあますわが物思《ものも》ひは行きずりの滝にも頭《かうべ》をふかくたれしむ

やみくもに進むなかれと滝しぶき霧たち込めばその霽るるまで

もみぢとは老いのはなやぎ　そをこばむ初冬の楢の壮んなる色

木の段にさそはれ古墳をのぼりきて死者をふみたつ無礼をなせる

雨やみてあらはれたるは何人《なんぴと》もおひつめぬほどのうす明き天

難民と見えなむわれら一団を西洋料理店《レストラン》はねんごろに迎へくれたり

上弦の月

こなごなになるまで躙《にじ》る百合ノ木のいちばん大きい枯葉をえらび

鬱憤も憎悪も道にふり捨てよ桜もみぢの頻々《しくしく》散れば

さういふ人もかういふ人もゐて当然と上弦の月にほつほつ説かる

醒めたくて覚めたる夜半　有耶無耶の貌に追はれて走りつづけて

諄々と「ふりかかるひのこはははらへ」羽の鱗の著き雉鳩

見上げたるマンションの壁につはぶきは自尊の頸を立てて咲きをり

あさひこのゆび

朝早く逸雄《はやりを》ふたり踏み込むを許してぼうぜんと隅つこにゐる

空《から》つぽとなるべくしとと部屋ぬちにつもりふくるるものをうち棄《や》る

九年もわれにこころをひらかざる町なりされどサヨナラはいふ

今日よりの春夏秋冬春を住む下町の駅へトンとおり立つ

駅前の楠あをあをとそよぎけむ故郷の訛りを聴く啄木に

是がまあわれらの城か２ＤＫ夜つぴて雨はことほぎやまず

引越しの波濤の岸にうちあげらる頼りのきみは出張なれば

朝日子のゆびに触らばやひんがしとおもふ方角を向いて臥しつつ

梟のかたりし言《げん》をおもんみる「ねむりのふかさが世界の意味だ」

小夜なかの雑木林につどふらむ琉球浅黄斑《りうきうあさぎまだら》は翅をよせあひ

翅よせあひ寒さをしのぐ斑蝶こよひはわれの十指にとまれ

明けぬれば空は皺もなき一枚の青の薄衣《うすぎぬ》まとひて謐《しづ》か

影おとし怪鳥《オスプレイ》とびかふ沖縄のしんそこ青きいちまいの空

人力車ひきて過ぎゆく戦争を知らぬ若さが冬陽を弾き

輝石

埋まりたる輝石のごとし一月の庭にねむれる福寿草は

根深汁たつぷりこしらへ待つてゐる夫の帰りとミューズの来駕

あきらめよすてよと寒の弓張の身のはんぶんのかけたるままに

寒月は痩せほそりつつ節分の深藍《こきあゐ》の空を這ひのぼりゆく

二月の陽まぶしみ収め没しけむ西行　逍遥　茂吉　安吾ら

晩年は自己肯定のためにあるときつといふはず佐野洋子さんなら

攫ふ

ひとたびも啼かず死にせし雌《め》の蟬もあとかたもなく土となるころ

春がまづ足をとどめてゐるところ畑のすみの菜ノ花ひとむら

おや　あんたげんきだつたかい　咲き闌けて赤い椿はわれをよびとむ

一鉢の木香薔薇の一念は廃屋一軒をつつみ籠めたる

腕ふとき睡魔なるべし春昼に本よむわれをたやすく攫《さら》ふ

アマリリス日毎つぼみをふとらしむ廃《や》めたる薬局前に置きざりの

〈ここではないどこか〉はないと思ひ到るわれの視界を白蝶の超ゆ

紅を点す

うちなびく　春の盛りに　わが庭の　ポン柑の木に　花咲けば　ひ
いふうみいよ　いつむなな　また次の日も　ひいふうみい　かぞへ
かぞへて　待ちまてど　実のひとつすら　結ぶなく　ただに黙して
立つてゐる　ポン柑の木も　人のみな　身にくくみたる　たまし
ひの　灰白なるを　ひめもたば　おもひ澄まして　ざんねんは　虚
空にあづけ　寄るべなき　身を淋しまず　いたづらに　言ひ屈《くん》ずる
なく　夏さらば　白雨に打たれ　秋さらば　野分に吹かれ　冬さら

ば　雪を被りて　なのりその　名さへおぼろに　つくねんと　立ちたつのみに　ちはやぶる　佐保神の東風《こち》を　ともなひて　もそろもそろに　来たまふを　片待ちぬべし　灰白の　たましひに濃く　紅《こう》を点《さ》しつつ

反歌二首

健《したた》かに繁る葉のみをかかげ立つポン柑の木にたましひもがな
むら雲の紅を点したるゆふまぐれ空蟬の身のかくもつれづれ

耳を研ぐ

こすずめの巣立つころほひたわわなる若紫のリラにほひたつ

玄関に娘のハイヒールは革靴の二十八糎によりそひ脱がれ

樫ノ木の難波漢《なにはをのこ》が悠然と這入りきたれり　見初め合ひたり

百八十五糎といふ大人《たいじん》とならべば侏儒とも百五十糎の娘は

耳を研ぐ　なにはことばのまろやかの奥に込めたるものは聴くべく

けんめいにそだてし仔雀のいづれ〈そだてたやうに〉そだちたるかは

前まへの愛《を》しきゐがほを宝とし雀の親の向後はあらむ

メイストームもやりすごしつつ親鳥は案じたるらむ巣立ちせし仔を

あたたかき巣

うみねこの若きか空を行く二羽のだいだいいろのこゑはふりくる

一遍もふりかへらずに行く二羽のよびかはしたり二《ふた》こゑ三《み》こゑ

けつぜんともう雛ぢやないッといひ放ちあたたかき巣を蹴りて来たらむ

空より落ちてからではと親のさとすとも稚《わか》き翼にもとな羽ばたき

ひたぶるにいづかたへ二羽は翔りゆく　山のあなたか海のあなたか

連々といのちのつづくことわりのかなしからずや白き昼月

裸婦

観客数四十万の恐竜展のむかうに三人の裸婦を待たせて

熊手もて掻き集《っ》めたるかの人波に若者をらず寸時たぢろぐ

人波をおよぎて裸婦にたどりつきのけ反つて見る常乙女《とこをとめ》の唇《くち》

名を立てし三人の裸婦　お隣の小父さんにも似る黒田画伯の

老婆なぞ地上にゐないかのやうに若き婦人を描きし清輝

聖母子を描かざりけりフランスに学びし子爵の黒田清輝は

土のよろこび

行きどころなきもの少しとぢこめて螢袋のつぼみの真白

みじか夜に聖者の指《および》はふれにけむ今朝の空木《うつぎ》のはなの真白し

東京の道べに午前のみひらく露草一花を踏むな雨足

梅雨もなか裏庭の隅の充足は茗荷のはなの黄《きい》のにほにほ

放たれてあゆむ一歳にふまれたる六月の公園の土のよろこび

全幅の信頼といふをその母へ五体あづけて寝込む児に見る

幼な児のみぎ手はその母のひだり手にのびてにぎらる吸ひつくやうに

「もうひとり産んでおけばよかつたね」枇杷の黄の実はくちぐちにいふ

いま一度産みおとさばや草むらの巣のなかに白き卵をひとつ

次こそは巣よりゴッゴッとおひたてさくと仔離れしてみせうものを

鮭一尾とロシア蕗十本の荷は届くよよむ義妹の支ふる姑より

みんみんご一行

雌鶏《めんどり》のうたはばかくや〈アラカン〉の大竹しのぶさんのまよひなき声

ふくみごゑつとうらがへす初みんみんみん雨師一党にあとをたくされ

うらやまの魁偉《くわいゐ》の幹をたづねきてしみらに騒ぐみんみんご一行

声楽科斉唱部員のあぶらぜみ輪唱部員はみんみんぜみだ

玉蜀黍《たうきび》の実のめいめいに稚神《をさながみ》やすみたまひて和毛《にこげ》のなびく

夕されば貧者の一灯をてんでんにささげもちたり待宵草は

西空に勢《きほ》へる火輪《くわりん》この星の裏側をひと夜で走り抜かうと

深更に満ちてゆくべし身めぐりの闇をおしつつ百合のつぼみは

華麗なる嘘

官邸の住人こそが知るべけれ藪枯らし蜂蜜をつくる奥義は

やぶがらしは葡萄の薫りがするといふ官邸の庭にみつばちを飼ひ

喬木にまで這ひのぼり凌駕する草を〈永田町2-3-1〉は繁《しじ》にやしなひ

王者たらむ黒揚羽蝶もふんぷんと薫るやぶがらしの蜜を吸ふらむ

かのミシェル夫人の養蜂に倣つたと任期の了《を》はる大統領の

「道半ば」は何処《いづく》への道　参院選をからめとりたる人の饒舌

国民は「三本の矢」に射られぬやう生きよと言つてゐるのだ専《もは》ら

ビビアン・リーの「風と共に去りぬ」を見つ華麗なる嘘に酔はされたくて

存外の仕儀

ビル・クリントンひそむ縁の下を持たぬ小池百合子氏はたぶんマンション住まひ

ガラスの天井に風穴をあけた新都知事いけないことはいけないと言ひ

ぞんぐわいの仕儀とあたふたしてゐるかスカートにすわられた都知事の椅子は

国籍を台湾にも持つ美しき女性ひきゐる野党あやふし

権力におもねる国会質問は消して初嵐の吹く街へ出でゆく

森の沈黙

〈靴底〉と喚《よ》ばはばなほなほ浅海の砂泥にもぐらむ黒牛舌《くろうしのした》

幸せにならうと足搔き十六の少女は自死せり九月一日

蟬たちが今年は別れをいふひまもなくて逝《さ》りたる森の沈黙

「ひとりでもさびしくない人間になれ」あまつみそらのかはたれ星が

どこにも逃げず生を全うすることが大事とこたふべし消しゴムは

耳ぢから目ぢから鼻ぢから弱きものとわれらを蔑《なみ》してをらむゴリラも

学名は〈樹上棲みの襤褸《ぼろ》を纏つたもの〉知らぬがほとけの森青蛙

初心なる水

蔓草のからむ扉を押し出でて行き着きたればひろごる添野

〈浅間会〉の墨痕淋漓とりがなく東《あづま》の支部の九十三人

みなもとはまほろば信濃の山腹の初心《うぶ》なる水の湧きたつところ

浅間嶺を東京の空へ浮かばせてうたふ校歌は天に響《とよ》もす

職ひきてのちワインバーをいとなむと琥珀色《アンバーブラウン》の声に告げらる

ワインバーのふところ深く団居《まどゐ》なす群青《ラピスラズリ》のかなたをたぐり

両の手にたぐればまさしく湿りもつ　あをぎり少年　まるめろ少女

会よりの林檎を漬物を手に帰る　故郷をしのぶは筋力が要る

見知らぬ星

ずつぷりと〈敬天愛人〉の詰まりたる西郷《さいがう》隆盛さんと聞く平成の音

傷痍軍人をらざる恩賜公園に異国語とびかひ候鳥どよむ

北半球を穿つメトロか乗り捨てて出づれば見知らぬ星の入口

メーテルのこゑの降りこよ頻闇《しきやみ》にわが行くべきは右か左か

斑猫《はんめう》にしたがはずとも手の内のスマホがみちびく世とはなりぬる

赦されてゐるやも知れぬ　白日の信号四基に堰《せ》かれざりけり

急くあまりガードル着《は》くをわすれきてそもや家鴨の一万歩よな

夢のつづき

東京駅の逸ノ城　上野駅の嘉風を見てより二人はわれの友だち

喉ぼとけしつかり立てて応答す羽生結弦君も早《はや》少年ではなく

八十余歳の女性司会者にハイヒールをにちにち履かす昼のテレビは

テレビ局の内は熱帯　女子アナも真冬にノースリーブやフレンチスリーブ

渇きたる都市を脱け出でうすやみに水たまり越ゆ　一つ　二つ　三つ

関取を投げとばさうとする夢のつづきを見むと目を閉ぢてみる

なにものか溜息こぼしよぎりけむ朝の庭土うつすら濡れて

左右のつばさ

スニーカー青きは雲を履くここち　ひとに逢はむとあゆむ夕べの

大江戸線のながき階段をあがりゆく左右《さう》のつばさもうち羽振《はぶ》かせて

遠くまで行きしがそれぞれ戻りきて薄暮の首都の小角《こすみ》につどふ

ワイングラスかたむけ滴るものを呑む夏雲の体操部員たりし六人

蝶となり小鳥となりてさかのぼる記憶の川のなみうちぎはを

早世の三人の女子の名をとなふ　そろひもそろつて美人なりける

搾られて醸されてのち揺蕩《たゆた》へるボルドーワインの色香に眩む

猿飛佐助の族

さびしさのつのりつのりて啜り泣くわが家か二十年も留守ばかりなる

きはまらむ梅雨の足音《あのと》のせまりくる前に鳩首すチラシをひろげ

いちはやく駆けつけくれたる吉田さんイケメンなればすべてを託す

きたぞきたぞとバックで路地へ入りきたる4トントラック足場材を積み

トラックの前後に一人づつ付き添ふはニッカボッカのりりしき男子

窓とびら植木もビニールに覆はれて住処まるごと息を詰めたり

雨洩りもなほす人きて屋根の上するりとふさぎ飛ぶやうに去《い》ぬ

鳶職人とりつきくれしは二週間　猿飛佐助の族かと見ゆる

最後の日トラックは呆気なく去りゆけり鳶の人人《にんにん》を家より剥がし

明けの日はひねもす雨のふりつづく踏まれし草をいたはりながら

Ⅱ

『萬葉集』には、大伯皇女《おほくのひめみこ》と大津皇子《おほつのみこ》による次の和歌が収められている。

大津皇子、竊《ひそ》かに伊勢の神宮《かむみや》に下《くだ》りて上《のぼ》り来ましし時、大伯皇女の作りませる歌二首

わが背子《せこ》を大和へ遣《や》るとさ夜更けて暁露《あかときつゆ》にわが立ち濡れし

二人行けど行き過ぎかたき秋山をいかにか君がひとり越ゆらむ

大津皇子の薨《こう》ぜし後に、大伯皇女、伊勢の斎宮《いつきのみや》より京に上る時に作りませる歌二首

神風《かむかぜ》の伊勢の国にもあらましを何しか来けむ君もあらなくに

見まく欲《ほ》りわがする君もあらなくに何しか来けむ馬疲るるに

大津皇子の屍《かばね》を葛城《かづらき》の二上山《ふたかみやま》に移し葬《はぶ》る時、大伯皇女、哀傷《かな》しびて作りませる歌二首

うつそみの人にあるわれや明日よりは二上山を弟世《いろせ》とわが見む

磯の上に生ふる馬酔木《あしび》を手折《たを》らめど見すべき君が在りと言はなくに

大津皇子、被死《みまか》らしめらゆる時、磐余《いはれ》の池の陂《つつみ》にして涕《なみた》を流して作りませる歌一首

ももづたふ磐余の池に啼く鴨を今日のみ見てや雲隠りなむ

右、藤原宮の朱鳥元年冬十月なり。

五首目の「弟世《いろせ》」について桜井満氏は、「イロは肉親を意味し、イロハ（母）、イロネ（姉）、イロモ（妹）、イロト（弟）などと熟語になって家族間の呼称として用いられ、セは、イロに対する語で、女性が自分の兄弟を呼ぶ語だった。なおそのセ、イモは、また恋人をも夫・妻をも表すので、はなはだまぎらわしいのであるが、そこに一つの婚姻史が秘められているとみられる。すなわち、男はその姉妹が、女はその兄弟が、いつでも恋人になり配偶者になり得る存在だった」（『万葉集の風土』）と言う。

大伯皇女は天武天皇の第一皇女であり、同母弟が大津皇子である。父・天武天皇は、同母兄・天智天皇の崩御後、天智天皇の第一皇子・大友皇子を斃して即位し、七世紀後半の日本を治めた。

大伯皇女と大津皇子の母は天智天皇の第一皇女・大田皇女である。大田皇女は、同母妹の鸕野讃良《うののさらら》皇女（のちの持統天皇）、異母妹の皇女二人ともども、叔父にあたる大海人皇子（のちの天武天皇）の妻となった。そのうち、大田皇女のみが早世している。この母の死が姉弟の運命を大きく変えることになった。天武天皇は、このほかにも五人の妻を娶り、つごう十七人の皇子・皇女を儲けたが、大伯皇女にとって同母の兄弟姉妹は大津皇子ただ一人である。当時は妻問婚であり、皇子や皇女はその母の庇護のもとに成長したため、同母の、それも幼くして母を失った姉弟の絆はことのほか強かった違いない。

七首目は、大津皇子が父・天武天皇の崩御後ほどなく謀反の嫌疑により捕らえられ、尋問さえ行われず、翌日に処刑された折の辞世の一首である。さすれば、この世に残っていた、ただ一人の肉親とも言える同母弟を奪われた姉の大伯皇女には、先の六首のほかにも詠い残したいことが多々あったのではないか。

そこで、まことに畏れ多いことながら、千三百十六年の時空を超えて大伯皇女の思いのいくばくかをおもんばかり、ここに綴ってみたい。

あをくもの

はしきやし　二上山の御神霊《おんかみ》にやはら擁《むだ》かれゐたる吾《あ》が背子

偲ふものうち絶えて無みひさかたの天二上《あめふたかみ》をつらつら望む

まなぶたを深く閉ぢたる二上山またたきもせず月は照らせど

あをくもの白橿の木のますらをの君の声だに聞くよしもがも

岩床の凍らばいかに冷《さむ》からう厚衣《ぬのこ》をかかへ這ふ這ふ来着《きつ》く

応答《あへしら》ふ音《ね》の常闇よりあらなむと塚の扉《とぼそ》をただただ打叩《ちやう》ず

魂呼《たまよ》ばひなせる人らに連なりて　こう　こう　こう　とこゑ嗄るるまで

夜ごもりの山の木霊《こたま》はおどろきてせはしくこゑを揃へたりけり

こう　こう　と呼ばはば　ををう…　と当麻路にこたへざらむやまかなしき魂は

君が魂われに憑くべく振りさばく白き鬘《かづら》を頭《つむり》より解き

長杖《つかなぎ》にすがりて夜目にも白きもの装《よそ》ひたち来つ見紛ふなゆめ

あられふり

あさつゆの消《け》ぬまをわれのかたはらにひそやかにをり草かげろふは

狂ひたるさまに過ぐしし十五年　己が運命《さだめ》に討たれぬやうに

母の亡き三十四年　弟世《いろせ》亡き十五年　吾が亡けば永遠《とは》なる一天《このよ》

狐福《きつねふく》なりけりわれらみたりにて合歓《ねぶ》の花むらを仰《あふ》のけ見しは

世捨人《わびびと》のわれにや両親《かそいろ》も友もなし二十年ほどを地方《あがた》に離《さ》かれ

あるべうもなき一の皇女《ひめ》とぞ十三年つかへし神宮《かむみや》よりもどされくれば

百鳥《ももとり》のさへづる名張の寺なりとまたもや追はれ落ちゆく先は

父が魂鎮めよなぞと実《げ》に実にしく言ひ包《くろ》みし人　何をか恐れ

あられふり遠山里へ暗《く》れ暗れと這ひのぼりこし　此処に果つべし

かむかぜの

かむかぜの伊勢より都へ斃されむため帰りゆく君の顕《た》ちたつ

今生《うつそみ》の訣れをせむと馳せてこし長月の夜に青駒が共《むた》

駿足《はやあし》のさやりて山べの女郎花こゑを呑みつつ仰ぎけらずや

鵺鳥《ぬえどり》はあさみて　ひいい　と跳ねにけむあをき角髪《みづら》の戦慄《わなな》きゆくに

憤死《いかりじに》遂げがてにせし吾の耳へ明けの鵤《いかる》の天《あめ》をつくこゑ

散りかかる紅葉《もみち》ひとひら取り入れて裏を表を誰《たれ》に見しめむ

八千種《やちぐさ》に草木の花は咲《ゑ》みこぼれ穂は出づれども　君かへり来《こ》ぬ

両親を兄弟姉妹《はらから》をかたみに呼ばふべし葦辺に鴨らの来寄《きよ》りて啼ける

あまづたふ

脳《なづき》にはこゐなき蜻蜓《やんま》そにどりの碧き大眼《つぼざら》くるると瞠り

大眼のふつとひらめく「大津皇子《おほつ》より詩賦は始まる」とふ世語りに

あまづたふ落日《いりひ》を細身に分かたれし茜蜻蛉《あかねあきづ》ら　音なく往き来《く》

落日さへむらぎもを分かつもののある　唐土《もろこし》までもわれや尋《と》むべき

もみちばの茜をわれも被《かうぶ》らむ片敷くのみのこの衣手《ころもで》に

宙《そら》に浮くものよりさぶしく在りわたり袖の氷は融きかつましじ

根の国ゆかけりきたらむ霍公鳥《ほととぎす》せちなる闇にわれも溶けあふ

鈴虫《まつむし》よいたくな啼きそかごやかに吾が寝処《さねどこ》にうち臥《こや》る辺《へ》に

仮の世の人にある吾が将来《おく》はよしゑやしひとへに狂ふ後《のち》の世を乞ひ

あらたまの

白村江のいくさに大和の命運《よのなか》を懸け出でましてけりわれらが祖母《おほば》

祖母の将《ゐ》る兵船《つはものぶね》は筑紫へと親族同胞《うがらはらから》ひしひし乗せて

臨月《うみづき》の母をもたぐふ本船《もとぶね》は備前の国の大伯《おほく》にかかり

吾が母は身身《みみ》となりけり月人《つきひと》の天《あめ》より見入るあらたまの歳始《はる》

生《な》りいでむひかりを見むとさざなみの闇くぐりこしこぶしをにぎり

皇軍《みいくさ》の前途《ゆくて》を明かさむ産声《うぶこゑ》のいや高らかに生り出でてけりと

いひしらぬ初《うひ》の産みよりほどかれて吾子《あご》よ皇女《ひめ》よと淡《あは》によびけむ

きびはなる双葉《ふたば》のわれを骨ぶとの肱《かひな》に抱《むだ》きし父かこはごは

あだげなる目鼻を手足を調《あらた》めけむ早世《わかじに》の血脈《すぢ》のあをき手に母は

歳始《としのは》の月の光に清《す》まされて吾が為人《ひととなり》か定まりにける

うぶぎぬも襁褓もひよひよも五百重波《いほへなみ》寄する本船にさやさや干され

おびたたしき軍勢《いくさ》の騒《ぞめ》きは揺籃歌《こもりうた》　吾がたたかひの一期《ひとよ》のはじめ

いはばしる

天皇《すめろき》たる父の配偶《つま》なり日本《ひのもと》の上なき家系《ちすぢ》の長姉《おほひめ》の母は

母の同母妹《いろも》も父の配偶なり繊弱《ひはづ》なる皇子《みこ》ひとりのみを生《な》しける

弟皇女《おとひめ》と生りける無念《うらみ》のいくそばく天下《あめがした》は兄皇女《えひめ》とその子らのもの

むらさきの雲こそい行きはばかれど留まらなくに母が玉の緒

いはばしる激流《たぎ》のとどろの悲しみの母なりしもよ髫児《うなゐ》を遺す

命をし幸《さき》くよけむとすはりすはり母は弟世の頬ひきよせて

〈妹《いも》の力〉もて弟世を加護《ちは》へよと臨終《いまは》の母はふたたびみたび

神祖《かむろみ》に須勢理比売命《すせりひめ》あり恋人《おもひびと》を〈妹の力〉もて加護ひてけりと

隠れゆく母の遺言《おきごと》に塞きあへず旧《ふる》すことなしのちの春秋《つゆじも》

幾たびかわれらを呼びし細き声そも尽きてより音なき世界《このよ》

しらなみの惜別《なごり》の靄の深かりき七歳《ななつ》と五歳《いつつ》を置きて去る母の

一切合財《みながら》を現世《うつそみ》に置きて去りにけり掌中《てのうち》の珠もしらつゆの真珠《たま》も

いささかの愁へも恐れも知らずけり母の漕ぐ舟にわたり来りて

ははそはの

竹の園の末葉《すゑば》の繁きすゑずゑのおぼおぼしきは稚葉《みどり》のわれら

後見《うしろみ》のなきをあやぶむははそはの母の心《とむね》の赫き鬼灯《ほほづき》

素足なる少女子《をとめご》われの尽力《いたつき》は千重《ちへ》の一重《ひとへ》も母に及《し》かめやも

人と成るが近づくほどに恐れしは素足のわれらを襲ひ来むもの

ゆなゆなは襲はれにけり羽根蘰《はねかづら》　吾が黒髪にかざしし春に

翅ふるふ糸蜻蛉《とうすみ》われぞ遠方《をちかた》へ御杖代《みつゑしろ》として遣らはれたりしは

あらかに巨《おほ》きなる手は摘み捨てき堅香子《かたかご》のはなのうつむき咲くを

見伏《みふ》するは能はざりけりいかばかり艶《なまめ》きにけむ初冠《うひかうぶり》も

さすたけの

斃すもの斃さるるもの　断たうとも断てぬ血脈《すぢ》こそ罪の根源《おほもと》

皇位《くらゐ》に就けぬ一の皇子といふその母は貢上《たてまつ》らえける采女《うねめ》にあれば

二の皇子は叔母の独り子　最《い》と繊弱なれど東宮《はるのみや》に据ゑられにけり

幸《さきは》ひは不幸《わざは》ひを孕む三の皇子の君は祖父《おほぢ》に父に愛《を》しまれ

文武《ゆみふで》に秀でしさすたけの君ののちの不幸ひをいかに知るべき

ちちのみの

ほとほとしき父の枕べに子のわれら十七人は交交《こもこも》寄りて

ちちのみの父の死出之旅路《かへらぬみち》の辺に際《きは》なく黄葉《もみち》のおし照りにけむ

ささがにのあやなき糸のひとすぢもつひにわれらは喪ひにけり

百千足《ももちだ》りあかし暮らしし日や有《も》てる父に添ひこし九人の配偶は

その父の兄《せ》の説得《こしらへ》にはたやはた理《わり》なく娶らえけるか幾たり

華奢《あえか》なる一身《ひとみ》に担ひまゐりけむ一家親族《うがらやから》の命運までも

あさぎりの

橘の常葉《とこは》の弟世　二十二の如月ゆ朝政《まつりごと》にたち添ひにける

厚き舌もて密談《はから》ひける人ら負はすべき謀反《たばかり》を捏造《かま》はむがため
次の御門《みかど》と世の人の口にのりにける男子《をのこご》こそは存《なが》ふべけめやと
権力《いきほひ》は贅を欲りして人ひとり呑みくだしけり　神無月《かみなかりづき》

かけまくはここだも甚《いた》し崩御《かむさ》りて二十四日のちの事件《こと》なれ

百重波《ももへなみ》千重波《ちへなみ》しきに乞ひ祈《の》みき八十神《やそがみ》よ二無《にな》きひとりを返し給へと

嗚呼《あな》いみじ　母と同じき二十四年を駆け抜けにけり老ゆることなく

たちまちに真白の鳥はとぶとりの明日香の空へ舞ひたちてけむ

あさぎりの八重山を越え海を越えいかで逢はばや真白の鳥に

外見《みるめ》だにあたかも愚鈍《おそ》に為出《しい》ださば三十九の今も在らましものを

白鳥《しらとり》をもとめ狂はしく跣《はだし》にてはしり殉死《あとおひ》せし弟世の配偶よ

言はむすべ為《せ》むすべ知らに　粟津王《あはづこ》は罪びとの子と野獣《しし》の餌《ゑ》に放られにけり

いかづちの丘の白栲を見放《みさ》け咲《ゑ》む百合ひともとの闌《たけなは》なりき

天《あま》の逆手《さかて》をひたひた打ちて馬酔木の枝《え》折りて焚けとは誰か言ひける

な咎めそ逆手打つとも　朝にけに啄木鳥どちはひらに打てるを

むばたまの

幾すぢの蜜か弟世と莫逆之友《ならぶなきとも》と契りける男子《をのこ》にも垂れ

うちわびて確と後《おく》るべく密告《よこごと》にはしりけむかし雪を蹴散らし

すすどしき男子の然《さ》しも後れなむや五年のちには消え入りにける

東宮はいふもさらなり二年ののち杜若の反りて咲くころ

遺されし男皇孫《をのまご》七歳《ななつ》をむだきとめ叔母はいよいよ狂ひたりけり

そこらくに繊弱の性《さが》の男皇孫も羽含《はぐく》もれどもすべもすべなさ

早世の血のささめきに怯えつつさぞな在りけむ男御子《をとこみこ》みたり

ほれほーれあれこそ祟りといふこゑのこのもかのもゆ湧きあがりこし

皇居《ももしき》の内外《うちと》に響《とよ》みわたりける義淵僧正の呪圧《いりもみ》のこゑ
むばたまの夢《いめ》にも怨霊《もののけ》はあらはれてましてえ寝《い》ねぬ夜夜《よるよる》なりと
困《たしな》みてはろばろ吉野をたづねゆく輿のありけり泥みなづみて

いつくしき水みなぎらふ吉野へと一年に五たびも輿はかよひき

水分《みまくり》の神にひざまづき祓へむと参上《まゐのぼ》りしか遠き吉野の

落ちたぎつ玉水さへもあづきなき双手《もろて》の血をば漱がざりけむ

あかねさす

あわゆきの消《け》なば消ぬべくおもひはつ見るべきほどのものは見尽くし

恙《つつ》みなき五十七の叔母に先だちて四十一われの死にいそぐ冬

鴉とふ大軽率鳥《おほをそどり》も屋の上にとくとくほろべと啼き出でてけり

水すらも断ちて幾日《いくか》か　しらくものたち別れなむかかる憂き世に

無一物《するすみ》の軽《かろ》びを有てばほしいまま天涯《あめのはて》まで還りゆきてむ

横死《よこさまのしに》とは弟世　甃死《のたれじに》と伝へられむよ蓋《けだ》しくわれは

あかねさす君にすがすが抱かれて火宅《うつそみ》を去る　うたたねの夢

来む世には唐土までも君のむた落ちのびてしか息の緒にして

冀《のぞ》むらくは田子《たご》に身を変へ耕作《つく》らばや唐土なりとも多《さは》に子を産み

浮生《うつそみ》に聞く終《つひ》の音か門口《はしりで》の槻の上枝《ほつえ》の鵙の鋭《と》きこゑ

こもりぬの黄泉《したへ》に待てる人あれば野辺の草花つみてまからな

沖に住む鴨の浮き寝の安けくもなき一期はや　まなく了《を》ふべし

「仮初《かりそめ》の世には狂ふこそよけれ」埴輪の女《をみな》は風をふふみて

あとがき

本集は、歌集『まひまひつぶり』（二〇一三年）、評伝『大西民子　歳月の贈り物』（二〇一五年）、歌集『とりがなくあづまの国に』（二〇一五年）に次ぐわたくしの四冊目の本です。

十年ほど前から、よんどころない事情により週末は利根川べりの町で、週日は都会の仮住まいで暮らしているため、前半の「Ⅰ」の作品は双方を背景としています。ここには、前歌集刊行後の一年ほどの間に結社誌などへ発表した百余首に未発表のものを加え、おおむね作成順に収めました。

以前、必要に迫られて天武天皇の第一皇女である大伯皇女《おほくのひめみこ》について調べた折、『萬葉集』所収の、本集「Ⅱ」の冒頭に記した作品に心を打たれ、いずれ大伯皇女の思いを作品化したいと考えていました。『萬葉集』の編纂者の意向が作品の収載に反映しているとはいえ、その作品は読み返すほどに、大伯皇女らを排除あるいは抹殺した人々を、営々と千三百年以上にわたり告発しているという一面も併せ持つことを、さらには、この日本固有の短詩形文学が、歴史の表舞台の陰に無惨に葬られた人々を照らしてやまない力をも有していることなどを惟みさせてくれるものの、ものごころがついて以来、暗闇を歩くことを強いられた大伯皇女の心底は、六首では到底詠い尽くせていないように思われたからです。

一方、大伯皇女らを排除し、女帝《にょてい》として歴史に燦然とその名を残す持統天皇の作品は、夫の天武天皇崩御の際の挽歌三首のほかには〈春過ぎて夏来るらし白栲《しろたへ》の衣乾したり天の香久山〉という一首のみであり、ここには新しい季節の到来を言祝《ことほ》ぎつつも、「香具山の南の雷《いかづちのおか》丘あたりに調物《みつぎもの》の大量の白栲が一面に乾されているが、その純白の面積が広ければ広いほど、天皇である自分の勢威はこの国に豊かに溢れ返っているのだ」という意図を込めたとも読み取れるのですが、持統天皇の五十八年の生涯を見渡してみると、胸中には、姪の大伯皇女とは質を異にする深い闇を抱えていたのではないかとも思われます。

そこで、このたびの刊行にあたり、持統天皇らの存念の一端をも浮き上がらせながら、主に大伯皇女の心情をおもんばかって作品化し、それらを「Ⅱ」として後半に収め、つごう三百五十七首の短歌に長歌一首を加え、三百五十八首をもって一冊といたしました。

本集は、飯塚書店創業70周年記念の「現代短歌ホメロス叢書」への参加のお誘いを戴き、刊行するはこびとなりました。刊行の労をお執りくださいました飯塚書店の飯塚行男さま、及び編集部の皆さまのお力をお借りして、ここにわたくしの第三歌集が仕上がりましたことは、何ものにも代えがたい喜びです。
皆さまに心より御礼申し上げます。

二〇一七年八月吉日

田中あさひ

田中あさひ（たなか あさひ）

一九五一年　三月　長野県に生まれる
二〇一二年　七月　第三八回短歌人評論賞受賞
二〇一三年　三月　第一歌集『まひまひつぶり』刊行
二〇一四年　六月　『まひまひつぶり』により第六回日本短歌協会賞次席受賞
二〇一四年一〇月　『まひまひつぶり』により第一七回日本歌人クラブ東京ブロック優良歌集賞受賞
二〇一五年　六月　評伝『大西民子　歳月の贈り物』刊行
二〇一五年一一月　第二歌集『とりがなくあづまの国に』刊行
短歌人同人

現代短歌ホメロス叢書
歌集『狂ふ』

平成二十九年十月一日　第一刷発行

著　者　田中あさひ

発行者　飯塚　行男
発行所　株式会社 飯塚書店
http://izbooks.co.jp
〒一一二-〇〇〇二
東京都文京区小石川五-十六-四
☎ 〇三（三八一五）三八〇五
FAX 〇三（三八一五）三八一〇

印刷・製本　株式会社　恵友社

ISBN978-4-7522-1215-7